L'APRÈS

France Tronel

© France Tronel, 2016

ISBN : 9782322096312

À mes parents,

À mes proches

À mes étoiles qui veillent, là-haut

Et à tous, chacun, pour croire qu'un « après » est

possible.

Elle était de celles qui brûlaient de l'intérieur, de celles qui tendent la main droite en souriant et puis gardent la gauche le poing serré derrière le dos, Méfiante. Toujours.

Elle était de celles qui transmettaient tout sans s'en rendre compte, de leurs sourires à leurs souffrances.
On pouvait lire en elle comme dans un livre ouvert.

Elle avait changé.
Elle avait définitivement perdu un bout d'elle il y a 10 ans.

Ce jour où elle a dû dire au revoir à son innocence – ce jour où elle a vu s'envoler l'enfance.
Et puis sa confiance en elle, et sa foi en l'être humain.

Depuis ce moment-là, elle dissimulait chacune de ses grimaces pour esquisser un sourire.
Elle ravalait chacune de ses larmes pour cracher un fou rire.

Comme si de rien était.

Elle allait bien.

Toujours.

Pas le choix.

Il faut être forte.

Avec le sport de haut niveau elle avait appris à encaisser les coups, à serrer les dents, à ravaler ses larmes.

À faire abstraction et à se relever, toujours, coûte que coûte.

Depuis ce moment-là elle était devenue opaque, impénétrable.

Incompréhensible.

Imprévisible.

Depuis ce jour elle s'était interdit 2 choses : de s'attacher à un homme – et qu'un homme puisse un jour l'aimer.

Parce qu'elle n'était pas à la hauteur – Parce qu'elle ne méritait pas – Parce qu'elle était sale – souillée – en un mot – dégueulasse.

Une pourriture qui crevait de l'intérieur de s'être tue pendant tant d'années.

Plusieurs fois elle avait tenté de faire abstraction – d'oublier – d'avancer – de repartir à zéro – de recommencer – en mieux.

Elle avait tenté de mettre des œillères sur le passé.

Et puis il la rattrapait au galop.

Cela fait partie des évènements que l'on ne peut pas oublier

On a souvent tendance à croire que le passé est passé. Que l'on peut tirer un trait et puis passer à autre chose. Tout ranger dans un placard et puis le fermer à double tour.

Jusqu'à ce qu'il nous saute au visage au moment où l'on s'y attend le moins.

Fourbe.

Le temps file. Il nous glisse entre les doigts.

Et aussi paradoxal que cela puisse paraître, les jours, les mois, les années passent mais la douleur, elle reste vivace.

Parfois elle se transforme, elle change de visage, elle s'atténue. On croit même en avoir fini avec elle et puis elle revient, inexorablement.

Forte, redondante.

Comme un bourdonnement sourd dans le creux des tympans.

Parfois tout lui revenait en mémoire.

La rue sombre – la fraîcheur d'une nuit d'automne – la tête qui tourne d'avoir un peu trop picolé – la pâle lueur d'un lampadaire municipal – le silence environnant –l'ombre derrière elle qui la suivait déjà depuis de longues minutes mais à laquelle elle n'avait pas prêtée attention.

Erreur

Sa prise de conscience – son moment de panique.

Et puis sa main dans sa poche cherchant fébrilement son téléphone.

Trop tard

Une main sur la bouche – un frisson dans le dos – des sueurs froides.
Elle n'avait jamais ressenti ça avant.

La terreur.

Le fait de ne pas savoir ce qui allait suivre mais d'avoir l'intime conviction que cela allait être atroce.

Et puis sa main sur sa peau – son souffle roque dans son cou.
Et la barbe qui pique. Qui pique tellement qu'elle en brûle la peau en la frottant.
Il lui a semblé reconnaître sa voix.
Elle lui semblait familière mais non c'était impossible.

À ce moment tout se mélange – tout est flou – les souvenirs se brouillent.

Comme si l'inconscient avait – trop – bien fait son travail en réinitialisant la mémoire.

Comme s'il fallait effacer ces données du disque dur parce qu'elles étaient insoutenables.

À ce moment tout se coupe.

Cela s'appelle l'amnésie psychogène.

Il parait.

La seule chose dont elle se souvient c'est d'avoir fermé les yeux – très fort.

Et puis d'avoir espéré que cela passe le plus vite possible – après avoir essayé de se débattre – en vain.

Puis, la première chose dont elle se souvient à nouveau ce sont les longues minutes passées sous la douche de son studio.

Comme si elle avait cherché à se laver au plus profond d'elle-même.

Elle se souvient avoir laissé l'eau brûlante couler sur son corps.

Elle était là. Inerte.

Physiquement présente mais psychologiquement ailleurs.

Anéantie. Sale. Vide.

Pendant plusieurs jours elle s'était enfermée et n'avait pas donné signe de vie, à personne.

Elle était clouée au lit – sans goût, sans envie – sauf peut-être une envie constante de vomir. Jour et nuit.

Elle avait même cru être enceinte à ce moment-là mais en fait cela devait être la violence du choc et puis le dégoût. Un dégoût profond et irrépréhensible.
Les nausées avaient duré plusieurs semaines puis s'étaient atténuées et avaient disparues.

Aussi étrange que cela puisse paraître elle n'avait même pas pensé à aller voir la police – par honte – sûrement.

Et puis elle aurait dit quoi ? – « Je pense avoir reconnu la voix mais en fait non ce n'est pas possible parce que cette personne je la connais et que cela ne peut pas être lui » et puis que « non en fait je n'ai pas vu le visage enfin pas bien, tout est flou ».

Elle passerait au mieux pour une cruche, au pire pour une menteuse ou une allumeuse.
[Oui elle rentrait de soirée cette nuit-là alors elle portait une jupe, c'est peut-être de sa faute finalement]

Et puis la vie a repris son cours.
Elle a vécu 10 ans la conviction chevillée au corps qu'il fallait tenir le coup – avancer – continuer –Ne pas pleurer – Se relever. Pour ne pas lui donner raison. Pour ne pas l'avoir laissé la détruire. C'était peut-être de la fierté, de l'orgueil, ou tout simplement un instinct de survie.

Parce que la vie continue – elle continue toujours. Malgré tout. Parfois elle te heurte, elle te chahute, elle te bouscule et puis les lendemains jouent leur rôle. Ils t'envoient valser ailleurs. Plus loin.

Pendant 10 ans elle a d'ailleurs tellement valsé qu'elle en avait le tournis.

Elle aspirait aujourd'hui à un peu d'apaisement, de sérénité. À ce que le tempo ralentisse – à ce que le tumulte dans sa tête se taise enfin – piano.

Mais la violence induite par le viol – ça y est, elle a osé l'écrire. Mettre un mot sur cet évènement.

Ses conséquences sont pernicieuses. Fourbes. Elles se glissent un peu partout dans votre existence. Elles prennent différents visages, des formes dissimulées. Mais elles sont là – inlassablement – toujours. Elles se glissent en vous, vous pénètrent. Le dégoût de son corps, le manque de confiance, la méfiance, la culpabilité, l'amertume. Tout cela fait désormais partie de vous et ne vous quitte plus.

Elle n'avait jamais voulu prendre de petites pilules miracles – pour aller mieux. Pour atténuer la douleur, pour tenir le choc.

Elle voulait faire face. Ne pas perdre la face. Ne pas se perdre.

Cela faisait 10 ans qu'elle vivait en apnée. Entre 2 souffles. Entre deux eaux. 10 ans qu'elle jouait avec les limites. Entre alcool, tabac, troubles du comportement alimentaire et tentatives de suicide. 10 ans qu'elle essayait d'appeler à l'aide. Mais pas trop fort, pour ne pas être un poids. Ne surtout pas déranger.

10 ans de dyspnée. Il était temps qu'elle respire.

Souvent on parle de résilience
Le fait de continuer à vivre, malgré tout.

Oui mais voilà elle ne voulait pas seulement survivre elle voulait VIVRE – vivre vraiment – vivre pleinement.

Se sentir vivante. À chaque fraction de vie. À chaque seconde.

Et puis être heureuse. Aussi.

Mais après cela il faut réapprendre. Un peu comme une personne à qui on demanderait de remarcher juste après lui avoir ôté son plâtre.

Pendant de longues années elle a titubé. Elle est tombée. Elle a eu peur.

Et puis il y a eu ce garçon.

Qui était arrivé dans sa vie sans crier gare.

Ce garçon dont elle est tombée éperdument amoureuse après avoir tenté de lutter. Lutter de toutes ses forces.

Parce qu'elle ne pouvait pas s'attacher à quelqu'un – elle ne s'en sentait pas capable.

Et surtout elle ne le méritait pas.

Elle ne méritait pas d'être aimée – elle ne méritait pas d'être heureuse.

Et pourtant, il s'accroche.

Il l'aime malgré tout.

Il l'aime au-delà de tout.

Au-delà de ce qu'elle pensait être possible. Au-delà de ses espérances et de ses rêves les plus fous.

Le plus dingue dans tout cela c'est qu'il l'aime en sachant tout.

Alors que pour elle la culpabilité est écrasante.
Parfois elle avait besoin de pleurer. De fondre en larmes.
Ou bien de taper. Contre un coussin, contre un mur, contre lui.
Elle avait besoin de hurler, pendant de longues minutes.
Comme pour évacuer sa douleur – douleur qu'elle avait mise de côté pendant des années. Douleurs qu'elle ne s'était jamais vraiment autorisée à ressentir d'ailleurs. Parce que finalement c'était peut-être un peu de sa faute tout ça. Elle l'avait peut-être bien cherché après tout.

La culpabilité – la colère – la haine – le dégoût.
Tout se mélange.

Et lui,
Il l'aime avec douceur – avec tendresse – avec patience.

Il lui a enlevé le plâtre et il la rééduque, jour après jour.

Il l'aime d'un amour indescriptible et incompréhensible pour elle qui se déteste.

Il la regarde et elle grandit.

Chaque jour, à ses côtés elle devient plus forte, plus déterminée, meilleure.

Elle a l'impression étrange et pourtant si confortable parfois de ne rien pouvoir lui cacher. Qu'il la connaît par cœur. Les moindres recoins de son cœur. Les moindres petits bouts de sa peau.

Chaque centimètre de chair, chaque petit bout de son âme.

Elle a bien essayé de le faire fuir pourtant. Mais rien n'y a fait.

Il est resté là, solide comme un roc. Imperturbable. Inexorablement aimant.

Son amour a changé sa vie.

C'est étrange d'ailleurs – dans une vie on croise des centaines de personnes, des milliers même. Et puis un jour, le déclic. Pour une personne. Pas celle d'à côté. Celle-là. Sans qu'on ne sache l'expliquer. Sans qu'il n'y ait de raison valable ou d'explication rationnelle.

Et pourtant, elle en a cherché une explication rationnelle au fait qu'il soit tombé éperdument amoureux d'elle.

Elle n'était pas spécialement jolie ni bien faite. Pas particulièrement douée en quoique ce soit, ni plus intelligente qu'une autre. Finalement elle était juste atrocement banale. Banale et fissurée de partout. Un peu comme un vase que l'on a cherché à réparer après qu'il soit tombé sur le sol. Il ne fuit plus, mais il garde les traces de la chute. Elle était comme ça. Fissurée.
Mais avec lui elle avait l'impression d'être elle-même, d'avoir trouvé sa place. Et puis de peu à peu devenir la personne qu'elle avait envie d'être.

Dans ses bras le temps s'arrêtait – le temps n'existait pas, plus. L'essentiel était ailleurs, dans l'instant. Dans la douceur de sa peau, dans son odeur si singulière, dans son regard, dans ses yeux aimants.

Il lui offrait son amour, sa force et puis des projets. De mariage, de bébé, d'avenir.

L'avenir. Oui elle pouvait penser à un « après » désormais.

Et l'avenir cela passait par la maternité.

Elle avait toujours rêvé d'être mère même si elle doutait profondément de ses capacités à en être une. Elle ne pouvait s'empêcher de se demander comment elle, le vase fissuré pourrait porter un enfant et puis lui donner des bases solides pour l'aider à grandir. Et si elle pourrait apporter de l'amour alors qu'elle était incapable de s'en donner à elle-même.

Rien ne lui avait fait plus de bien que ces mots prononcés un peu au hasard, jetés au vent « Je me vois bien papa d'une petite fille » – en fait, finalement la fin de la phrase avait peu d'importance. Il se voit papa – il nous voit parents.

C'était la plus belle déclaration au monde. Le plus beau des projets, la plus belle des aventures.

Elle, elle avait un peu de mal à se projeter. Mais bizarrement elle avait envie d'y croire. Elle avait envie de lui faire confiance. Et si c'était vrai après tout – s'il y avait un « après », si elle pouvait se reconstruire ?

Si elle pouvait à nouveau être pleinement heureuse.

Elle ne pouvait pas refaire l'histoire – effacer les évènements ou bien en écrire d'autres. Mais aujourd'hui elle avait le choix d'avancer – et de passer à autre chose.

Elle voulait surtout se sortir du silence et s'affranchir de la culpabilité écrasante présente depuis trop d'années. Elle voulait enfin crever l'abcès. Le dire, le crier, l'écrire.

Et puis, entreprendre de reconstruire pas à pas, pierre après pierre ce qu'il avait détruit. Reconstruire le goût de vivre, l'envie d'avancer, le besoin de sourire. Reprendre goût aux choses banales. Banales mais précieuses. Renouer avec les plaisirs simples, les bonheurs quotidiens, les étoiles à vivre, chaque jour.

Alors elle a décidé, pendant un an, de noter une jolie chose, une phrase positive, un petit bonheur, pour se rééduquer, pour se reconstruire.

Parce que le bonheur, on n'est pas forcément doué pour ça, on ne naît pas forcément avec, on ne l'apprend pas dans les manuels scolaires mais finalement si on le cherche bien, il se trouve là, ici et maintenant, dans les (toutes) petites choses du quotidien.

Vous allez rentrer dans son carnet de gratitude. Ce carnet c'est sa thérapie, son cheminement, ses parcelles de bonheur, ses étincelles de vie.

CARNET DE GRATITUDE

Il parait que c'est bien d'écrire un carnet de gratitude. C'est mon psy qui m'a parlé de ça. Au début j'ai trouvé l'idée un peu bizarre. Écrire chaque jour quelque chose de positif, des choses qui m'ont rendue heureuse. Des petits bouts de rien qui m'ont fait sourire, rire, qui ont éveillé en moi un sentiment de gratitude.

Qui m'ont fait vivre.

En théorie c'est chouette mais c'est vrai que j'ai un peu de mal à me convaincre que cela pourra changer ma vie. Après tout ce ne sont que quelques mots jetés sur un cahier, rien de plus. Mais je dois avouer que je suis à court de solutions, alors demain 1er janvier, c'est le moment de prendre une résolution alors je me lance.

Cette année sera mon année. Celle de la reconstruction, du bonheur, de la vie. Peut-être que cette résolution viendra allonger la (longue) liste de celle que je prends chaque année et que je ne tiens pas, comme, par exemple, celle de ralentir sur les mojitos ou bien encore celle de me sevrer du chocolat, mais peu importe, demain, je tente l'expérience.

Achat d'un petit carnet à la couverture épaisse et aux pages blanches qui sentent bon. Un stylo bille bleu.

Que ma nouvelle vie commence.

Janvier

Janvier

01/01

*« Vivez si m'en croyez, n'attendez à demain,
Cueillez dès aujourd'hui les roses de la vie. »*

Pierre de Ronsard

Tiens c'est chouette cette citation pour commencer. Ne plus attendre pour vivre. J'ai perdu assez de temps. Cueillir chaque instant, chaque bout de vie, chaque petit bonheur.

02/01

[La séance de cinéma]

2 janvier. Jour de repos. Ils sont rares alors on les savoure. Il fait gris. Gris et froid. Le vent claque. Les flocons virevoltent. Aller au cinéma. Le pas un peu hésitant sur les trottoirs glissants. Main dans la main et le sourire aux lèvres. C'est chouette le cinéma. Une parenthèse imaginaire dans un monde si attaché au réel.

Plusieurs films à l'affiche.

En fait le choix du film m'importe peu.

Pour moi l'important c'est le contexte, le décor.

Et j'ai décidé de noter chaque petit détail qui a pourtant toute son importance.

La foule qui se presse à l'entrée. Le sourire des enfants qui chahutent gentiment en attendant impatiemment l'ouverture de la salle où est projeté le dernier dessin animé. La noirceur de la salle. Le silence, les fauteuils confortables et puis l'odeur des pop-corn encore chauds. Le sachet rempli de friandises. Y plonger la main en essayant de réprimer le bruit du sachet. Gourmandise interdite. Peu importe. Le régime, ce sera pour demain. Trifouiller pour chercher les bonbons acidulés. Mes préférés. Sourire à l'explosion de picotements dans la bouche puis les laisser fondre doucement sous la langue pour que le plaisir dure plus longtemps.

Il y a aussi le caramel des pop-corn qui reste coincé entre les dents et puis ma main dans la sienne. Son bras autour de mes épaules, un fou rire à peine étouffé. Le spectateur de derrière légèrement agacé. Un « chut » du fond de la salle et puis le film qui commence.

04/01

« Tous les hommes pensent que le bonheur se trouve au sommet de la montagne alors qu'il réside dans la façon de la gravir »
Confucius

Alors c'est donc ça le bonheur. Le chemin plutôt que l'accomplissement. Les moyens plutôt que le résultat. C'est étrange ça, il faut donc œuvrer pour son bonheur, prendre les armes et combattre. Pendant longtemps j'ai pensé que le bonheur allait me tomber dessus, comme ça, sans crier gare. J'ai attendu et j'ai perdu mon temps. Aujourd'hui j'ai enfin trouvé cette force d'aller le chercher. D'aller au combat, résolument décidée à ne plus me laisser dicter la marche à suivre, résolument décidée à combattre mes démons et aller à la poursuite du bonheur.

07/01

[Premiers flocons]

Il a neigé à l'aube. La ville s'est recouverte d'un doux manteau blanc. Premiers flocons. Prendre le temps de les regarder tomber, virevolter, danser au gré du vent.

Coller son nez contre la vitre froide.

Un peu de buée.

Un cœur dessiné sur la fenêtre. Comme des années en arrière.

Sourire.

Instant volé d'insouciance retrouvée.

Les voitures immobilisées laissent la route libre pour les enfants qui jouent. Batailles, luge, bonhomme de neige, éclats de voix, éclats de rires.

C'est si beau un enfant qui rit.

C'est si beau l'innocence.

09/01

« Faites que le rêve dévore votre vie afin que la vie ne dévore pas votre rêve. »
Antoine de Saint-Exupéry

Des rêves. Cela faisait un moment que je n'en avais plus. Qu'ils étaient soigneusement mis de côté pour laisser place à la réalité. Implacable, parfois cruelle. Je devais me remettre à rêver. C'était une question de survie. Me questionner sur mes projets, sur l'avenir, sur mes désirs profonds, sur ce qui me faisait vivre, finalement. Réapprendre à rêver pour réapprendre à vivre.

11/01

[Le chocolat chaud sur les lèvres]

Enfant j'adorais le chocolat chaud. Mais avec beaucoup beaucoup de cacao (bien sûr). Et puis en fait cela faisait tes lustres que je n'en avais pas bu. Sûrement parce que mon estomac d'adulte m'a rappelé un peu à l'ordre les dernières fois que j'avais envisagé l'idée. Ce qui m'a coupée de ce plaisir fou du chocolat chaud sur les lèvres.

La bouche sur le côté du bol. Plonger les lèvres. Boire une gorgée, puis deux, puis 10. Reposer le bol sur la table et puis sourire, la moustache chocolatée au bord des lèvres. Tenter en vain de l'essuyer avec la langue (jamais assez grande).
Esquisser un sourire.
Réprimer un fou rire.

14/01

« Un voyage de mille lieues commence toujours par un premier pas. »
Lao Tseu

Ce n'est pas facile la rééducation. Parfois il y a des coups durs, des coups de mou. Des fois ou finalement on resterait bien au chaud sous la couette et puis où on céderait bien à la facilité de rester là, las et de regarder la vie défiler. Abandonner. Se laisser – sur – vivre.

Et puis non, j'ai promis, j'ai décidé. J'ai décidé de réapprendre le bonheur alors oui c'est long mais le premier pas est fait. Il y en aura d'autres, plein d'autres.

Demain sera un autre jour.

15/01

[Le plaid tout doux]

Sur le canapé du salon il y a un plaid tout doux dans lequel j'aime me blottir, surtout aujourd'hui, parce qu'il fait particulièrement froid. J'aime m'enrouler dedans et puis me blottir en boule dans les bras de monsieur qui ne comprendra jamais pourquoi je préfère me tortiller pour entrer entière dans le plaid plutôt que d'enfiler un pull bien chaud.

Mais ce plaid c'est plus qu'un morceau de tissu. C'est la détente de la fin de journée, la douceur d'un chez soi, l'apaisement d'un moment à deux.

Une parenthèse de sérénité et de douceur en quelque sorte.

17/01

[Froid]

Les dents claquent, les lèvres bleuissent. Il fait froid. Très froid. Trop froid. Le froid pénètre et me glace. Autour de moi les visages se ferment, les corps se tétanisent, les visages disparaissent sous les écharpes.

Et pourtant.

Pourtant il y a ce jeune couple, amoureux, qui marche main dans la main comme si le froid ne les atteignait pas. Il y a les lumières dans cet appartement qui n'a pas encore enlevé les décorations de Noël. Il y a la patinoire en plein air avec les enfants qui rient. Et puis la neige sur les toits, la perspective d'un chocolat chaud en rentrant à la maison, la douceur du bonnet vissé sur les oreilles et la main tendue de cet homme à une dame âgée pour l'aider à traverser la rue sans glisser. Et puis il y a son sourire.

Il y a le ciel gris qui parait sortir tout droit d'une photo de Doisneau, l'odeur des galettes des rois en passant devant le boulanger, le vent qui fouette le visage et emporte avec lui les tracas.

Les voitures s'immobilisent, le temps ralentit. Savourer le temps qui glace et passe, timide, serein.

20/01

« Quand on ne peut revenir en arrière, on ne doit que se préoccuper de la meilleure manière d'aller de l'avant ».

Paulo Coelho

C'est si vrai. En fait, j'ai passé – trop – longtemps à regarder derrière – des évènements sur lesquels je n'avais plus aucune prise. Alors maintenant, concentrer son énergie à aller de l'avant, à digérer et puis à avancer, à vivre pleinement. Rattraper le temps perdu.

21/01

« Dans vingt ans vous serez plus déçus par les choses que vous n'avez pas faites que par celles que vous avez faites. Alors sortez des sentiers battus. Mettez les voiles. Explorez. Rêvez. Découvrez »
Mark Twain

J'ai lu cette phrase ce matin. Elle m'a donnée une énergie folle. Alors je me suis dit qu'il fallait que je la note tout de suite dans mon petit journal. Pour les jours « sans ». Elle m'a donnée envie d'avancer, de tenter mille et une choses que j'avais envie de faire mais que ma raison m'avait gentiment fait refouler. Alors aujourd'hui je me suis inscrite pour mon premier saut en parachute, sûrement le moyen pour moi d'un nouveau départ, un saut dans la vide, dans l'inconnu, dans la vie. J'ai postulé à des offres d'emploi et puis j'ai créé un blog, pour raconter mon histoire. Je ne sais pas si cela intéressera les gens, sûrement pas, mais j'écris pour moi, pour avancer, pour vivre. Mettre des mots m'aide à soulager les maux. Aujourd'hui j'ai eu l'impression de vivre. Et je dois dire que c'est assez chouette.

24/01

[Le moelleux au chocolat]

Gâteau de l'enfance. Le moelleux au chocolat. Doux, réconfortant.

Tout dans le moelleux au chocolat est un petit bonheur.

Fouetter les œufs et le sucre. Faire fondre le chocolat au bain-marie. Et puis le beurre et ajouter la farine.

Verser la pâte couleur cacao dans le moule. Et s'asseoir devant la porte du four, les jambes en tailleur. Lécher la cuillère. C'est l'étape la plus importante, la cuillère. Jusqu'au dernier millimètre de chocolat dessert.

Après ça on sait déjà si le gâteau va être réussi ou pas. Au bout de quelques minutes le gâteau se soulève, gonfle, prend forme.

Entrouvrir le four et humer l'odeur qui s'en dégage. L'odeur d'un gâteau au chocolat au four est sûrement l'une de mes favorites. Douce un jour d'été, réconfortante un soir d'hiver comme aujourd'hui.

Regarder le gâteau gonfler.

Et puis « bip bip bip ». Le temps de cuisson est écoulé.

Sortir le gâteau. Il faudrait attendre quelques minutes avant de le déguster.

Attendre qu'il refroidisse. Il faudrait. Mais la gourmandise prend toujours – ou presque – le dessus sur la raison qui nous dit de patienter.

Je me brûle le bout de la langue et puis la bouche entière. Lâche un « c'est chaud » en faisant tourner le gâteau dans ma bouche pour ne pas aggraver mon cas. Et puis je savoure la douceur du chocolat sur la langue, moelleux, fondant, passablement gourmand. Jusqu'à la dernière miette de l'assiette et puis du plat. Délice chocolaté.

29/01

« Hâte-toi de bien vivre et songe qu'un jour est à lui seul une vie »
Sénèque

La fin du mois, déjà. Alors oui je me hâte ! Je me hâte de faire des projets, de rêver. Je me hâte de savourer chaque petit bonheur, je me hâte d'être heureuse dans ce monde de fou.

Février

02/02

Ce matin je suis tombée sur cette phrase du **Dalaï-lama :**

« Parfois, quand je retrouve de vieux amis, cela me rappelle à quel point le temps passe vite. Et cela me pousse à m'interroger : avons-nous convenablement employé le temps qui nous était imparti ? C'est si important. Nous avons à notre disposition un corps et, surtout, un cerveau étonnant. Dès lors, j'estime que chaque minute est précieuse. Et même si le futur n'offre aucune garantie, notre existence quotidienne est pleine d'espoir. Nous n'avons aucune assurance d'être encore là demain. Et cependant c'est sur la base de l'espoir que nous construisons notre avenir. C'est pour cela qu'il faut employer son temps au mieux. Autrement dit, si vous le pouvez, rendez service aux autres, aux autres êtres sensibles. Sinon, abstenez-vous au moins de leur faire du mal. Je crois que c'est là toute la base de ma philosophie ».

Autant vous dire que ça m'a fait cogiter.

Non le futur n'offre aucune garantie. Peut-être qu'il n'y aura pas de demain. Alors savourer chaque seconde, chaque moment précieux.

Pendant longtemps je crois que j'ai eu peur de vivre, par peur de mourir. C'est bête non ? Mais au final la peur n'empêche pas le danger alors, se jeter dans la vie, là, maintenant, sans plus attendre !

04/02

[Les oursons en guimauve]

Il y a plusieurs façons de manger les oursons en guimauve. On peut les glisser négligemment dans la bouche et puis mâcher. Mais ça c'est si on veut bâcler le travail !

Déjà ouvrir le paquet et puis choisir avec soin sa première victime. Croquer un bout d'oreille et puis l'autre. Laisser fondre le chocolat doucement dans la bouche et arriver à la guimauve. Mièvre, moelleuse, souple, apaisante.

Renouveler l'opération autant de fois que nécessaire.

Fermer les yeux.

La guimauve a quelque chose de doux, de réconfortant. Quelque chose qui nous renvoie des années en arrière, qui nous rappelle inexorablement l'enfance.

07/02

« Crois que tu y arriveras et tu seras à mi-chemin »
Théodore de Roosevelt.

Ah la confiance en moi. Tout un poème. Aussi loin que ma mémoire me porte je n'ai jamais eu confiance en moi. J'étais du genre à lever la main pour appeler la maîtresse à chaque exercice pour être sûre de mon avancée, du genre à relire 48 fois une poésie que je connaissais déjà par cœur pour être vraiment sûre de la maîtriser sur le bout des doigts, du genre à me sentir incapable d'à peu près tout, en fait. Et pourtant je ne pense pas être plus bête qu'une autre. Sûrement pas plus douée, mais dans la moyenne.

Ce manque de confiance m'a fait défaut, évidemment.

Alors, j'ai pris la décision de me répéter chaque jour les phrases suivantes.

« J'en suis capable »

« Je mérite d'être heureuse »

« Je peux le faire »

« Je suis quelqu'un de bien »

Histoire que tout ça s'ancre bien profondément dans ma tête une bonne fois pour toutes.

11/02

[Le pull qui gratte de papa]

L'air est frais.

Enfiler un vieux pull de papa (beaucoup) trop grand. Sentir cette odeur particulière d'un pull en laine oublié depuis des années dans une vieille armoire qui grince.

Avoir le nez qui pique et les yeux qui grattent.

Se blottir à l'intérieur.

Le pull est fatigué, mité et distendu et pourtant, étrangement, cela a quelque chose de réconfortant.

Comme si papa était là et qu'il enroulait ses bras autour de mes épaules, comme s'il m'étreignant de tout son amour et de toutes ses forces.

13/02

« La force ne vient pas du fait de gagner. Tes luttes développent tes points forts. Lorsque tu passes par des difficultés et que tu continues malgré tout, voilà ce qui fait ta force. »
Arnold Schwarzenegger

Sacré Arnold.

Alors on peut dire que malgré ma corpulence un peu fluette je suis sacrément forte. Parce que j'en ai traversé des galères. J'ai virevolté, je suis tombée, mais je suis toujours là, bien décidée à en découdre !

16/02

[Le bain rempli de mousse]

Le bain et la mousse, voilà deux choses qui sont indissociables. Je ne prends pas beaucoup de bain, mais si bain il y a il faut que ce soit avec de la mousse [beaucoup, c'est mieux]

Un soir d'hiver, ouvrir le robinet de la baignoire et y faire couler de l'eau – chaude. Allumer quelques bougies. Verser de la mousse à la camomille. Se glisser sans l'eau, une jambe, puis l'autre. Puis le corps entier. Fermer les yeux. Les bulles se forment, se déposent sur la peau. S'allonger, se laisser aller. Lâcher prise.
Détente.

Immerger la tête, une fois, deux fois, dix fois. Se frayer une place pour la ressortir juste au milieu d'un paquet de mousse.

Sourire.

Et puis attendre que la peau se transforme en pruneau. Vous savez, lorsqu'elle est toute plissée.
Et sortir, revenir à soi, revenir au monde.

18/02

« Le moment présent a un avantage sur tous les autres : il nous appartient. »
Charles Caleb Colton

L'instant présent. En voilà un que je n'ai pas beaucoup exploré.
Pendant une grosse partie de ma (courte) vie, j'ai ressassé le passé. J'ai vécu dans le passé même.

Un peu comme si le temps s'était figé à chaque épreuve de ma vie. Comme si c'était un point d'arrêt.

Puis j'ai voulu faire des projets. Parce que c'est bien connu, les projets ça fait avancer, ça aide à vivre. Alors j'avais un plan de carrière à 20 ans, des projets de maison et puis d'enfants. Ma vie était prévue pour les 15 prochaines années, ou presque.

Au détriment de l'instant, de l'ici et maintenant. Le seul moment finalement sur lequel nous avons une prise. Alors aujourd'hui je me force, à me recentrer, à me concentrer sur l'instant et les petits bonheurs fragiles et futiles qu'il nous apporte.

22/02

[Couper un pain de campagne à la croûte épaisse]

[Ding Dong]

Boulangerie – tôt un dimanche matin. Seule au monde. À croire que les gens n'émergent pas à l'aube le dimanche.

L'étal du boulanger est plein à craquer. Plus qu'à faire mon choix. Opter pour un pain de campagne, dodu à la croûte épaisse et croustillante qui craque sous la pression des doigts.
J'aime les boulangeries. La vision du pain, l'odeur des viennoiseries, la finesse des pâtisseries bien alignées dans la vitrine.

Un merci à l'artisan et puis un sourire.

Rentrer à la maison le pas vif alors que la neige tombe à gros flocons et que le froid glace les doigts un à un.

S'armer d'un couteau de cuisine à dent et couper de grandes tranches sur lesquelles viendra se nicher la confiture aux figues de mamie.

La croûte craque, la mie est moelleuse, l'odeur du pain encore chaud est savoureuse.

Se délecter de chaque bouchée. Apprécier chaque instant d'un dimanche matin – tôt – si paisible et serein.

24/02

« Très souvent, au cours de notre existence, nous voyons nos rêves déçus et nos désirs frustrés, mais il faut continuer à rêver, sinon notre âme meurt. »
Paulo Coelho

Rêver. Aujourd'hui j'ai pris le temps. De m'allonger sur le dos, les bras croisés derrière la tête et puis de me laisser aller à la rêverie. Sans a priori, sans peur et sans filtre.

M'autoriser à lâcher prise et à avoir des rêves fous, naïfs, vrais, bruts.

À être vivante, à raviver mon âme, à être sans artifice.

26/02

[Le quai de la gare]

J'aime les gares. Surtout celle-ci. Seulement 2 quais – un train en moyenne toutes les quarante minutes et pas plus d'une poignée de voyageurs qui montent ou descendent. L'endroit est calme, apaisant.

S'asseoir sur un banc – Le ciel est bleu et le fond de l'air froid – Mais au soleil il fait bon, presque doux.

Croiser un jeune homme emmitouflé dans une grosse doudoune couleur gris métallisé qui écoute (très fort) du RAP français. Apercevoir aussi un petit couple, amoureux. La jeune fille blottie dans les bras du jeune homme, immense.

Être touchée. Ils ont 18 ans, pas plus et leur amour saute aux yeux. Leur sincérité m'a émue. Un homme âgé à côté de moi sur le banc au soleil. Échanger un regard, et puis un sourire.

Sortir le petit carnet et puis écrire – des phrases – des syllabes parfois – des sons – des métaphores.

Figer l'instant.

Parce qu'il est précieux, calme, serein.

Le train entre en gare.

Aider le vieux monsieur à se lever et puis se faufiler dans le train avant que le signal sonore n'avertisse de la fermeture des portes.

Trouver une place près de la fenêtre et puis se laisser porter par le chaos des roues sur les rails.

Mars

01/03

[Jour de pluie]

J'aime les jours de pluie quand je suis assise à mon bureau, un plaid et mon chaton sur les genoux et puis un thé brûlant – et mes doigts qui courent sur les touches du clavier comme aujourd'hui. Et puis j'aime le bruit de la pluie. Comme des petits doigts qui tapent contre la gouttière. Celle qui passe juste à côté de notre chambre.

Coller son front sur la vitre et puis souffler dessus pour faire de la buée. Comme des années en arrière

Regarder par la fenêtre les gens marcher sous la pluie. Le pas pressé et la mine maussade – souvent. Moi j'aime marcher sous la pluie. J'aime quand mes mèches de cheveux se collent sur mon visage et goûter à l'eau de pluie lorsque je passe ma langue sur mes lèvres. Et puis j'aime l'odeur de la pluie aussi. Si singulière. Je l'aime particulièrement à la campagne parce que cela sent la terre et que j'adore ça. Et puis de la pluie j'aime la brume, j'aime le côté doux et puis mélancolique, aussi. J'aime la pluie parce que je dors bien les nuits de pluie. Comme bercée par les gouttes d'eau qui frappent – tapent – clapent.

La pluie m'apaise.

Aujourd'hui j'ai aimé me blottir au chaud sous ma couette et puis regarder la pluie tomber. J'ai aimé boire mon thé brûlant. Coller ma tasse sur mon ventre pour ressentir la chaleur pénétrer au plus profond de moi. J'ai aimé me plonger dans un livre et puis écrire longtemps. J'ai aimé m'emmitoufler pour sortir sous la pluie battante pour prendre des photos de la campagne – de la brume. J'ai aimé courir, danser sous la pluie et puis sauter à pieds joints dans les flaques comme je l'aurais fait sans aucun scrupule 20 ans en arrière mais que mes pensées limitantes d'adulte sérieux avaient longtemps réprimé. J'ai aimé allumer des bougies qui sentent bon dans tout l'appartement.

Et puis, finalement j'ai aimé regarder la pluie cesser et le jour s'éteindre peu à peu.

06/03

« Chaque fois qu'un homme sourit, il ajoute quelque chose à la durée de sa vie. »

Laurence Sterne

Aujourd'hui je me suis lancée un défi étrange. Afficher un sourire sur mes lèvres et puis sourire, à des passants, au boulanger, à des simples inconnus croisés dans la rue.

Sourire au volant alors que le créneau est délicat et que la file de voitures s'impatientant s'allonge. Sourire dans la file d'attente – trop – longue à la caisse du supermarché. Sourire au vieil homme, assis sur un banc dans le parc noir de monde. Sourire à la maman, poussant une poussette double avec difficulté. Sourire au postier qui sonne les bras chargés de colis. Sourire à l'épicier et puis au fromager. Au coureur pressé, au jeune couple d'amoureux, au policier sur le quai de la gare, à la petite fille à travers la vitre de la salle de classe, au jeune homme absorbé par son téléphone, à la voisine, qui revient du marché, au chauffeur de tramway.

Aujourd'hui j'ai ajouté quelque chose à la durée de ma vie.

8/03
[Vieux couple]

J'aime regarder les couples de personnes âgées. Et aujourd'hui un couple en particulier m'a émue aux larmes. 97 et 93 ans [Je sais, j'ai demandé !]. La dame en fauteuil et le monsieur qui la poussait – péniblement.

Une pause sur le banc voisin du mien. Main dans la main, des caresses sur le visage et puis un bisou sur la joue. La tendresse de ce moment était incroyable. Et eux, ils étaient beaux, beaux et lumineux. Ils en ont pris, des rides mais leur amour, lui est toujours aussi rayonnant.

Cette scène m'a émue et puis m'a fait sourire. Je me suis dit que j'aimerais vieillir comme ça. Main dans la main. Coûte que coûte. Quelles que soient les épreuves sur notre route. Être ensemble et c'est tout. S'engager à corps et à cœur perdu.

11/03

« Ne craignez pas d'avancer lentement, craignez simplement de rester sur place. » **Proverbe chinois**

Il y a des jours comme ça ou rien n'est simple. Ou la vie quotidienne n'est que tumulte. Où les craintes, les peurs et les doutes nous rattrapent. Où les progrès sont lents, trop lents à notre goût. Alors se focaliser sur les moyens. Les résultats viendront, plus tard, en temps voulu. Mais là, tout de suite, se focaliser sur l'action. Un pas après l'autre,

14/03

[Les draps propres qui sentent la lessive]

Changer les draps. Tout juste secs. Ils sentent bon la lessive. Cette odeur est particulière, enivrante.

S'affairer pour faire le lit. Le chat gambade et rend la tâche plus difficile. Il aime les draps propres lui aussi.

Les draps sont doux, tendres, accueillants.

Se glisser dedans, peau nue.

Inspirer.

Remplir ses poumons de cette odeur si caractéristique, si douce.

Savourer l'instant, simple, si plaisant.

17/03

« Le bonheur n'est pas chose aisée. Il est très difficile de le trouver en soi, impossible de le trouver ailleurs. »

Bouddha

En fait, j'ai passé des années à me fourvoyer. À penser que le bonheur venait de l'extérieur. D'un homme, d'un diplôme, d'une victoire. En fait c'est faux. Le bonheur c'est nous qui le créons. Nous en sommes l'acteur, l'artisan. Cela a un côté rassurant.

20/03

[Peau contre peau]

Ça aussi il faut réapprendre. Peau contre peau. Réapprendre à être effleurée sans sursauter. Réapprendre à ne pas se crisper. Réapprendre à lâcher prise.
Il est la meilleure des thérapies.

Plonger les yeux dans les siens, se blottir contre son corps. Prendre une grande inspiration. Peau contre peau. Réprimer le sursaut au contact de la barbe qui pique. Plusieurs années plus tard ce souvenir est encore vivace.

Contact des doigts sur la peau nue. Caresses douces, tendres, sensuelles.

Chair de poule.

Fermer les yeux. Sentir ses lèvres qui effleurent les miennes. Une fois puis 2 puis 10.

Patience.

Il me connaît par cœur. Chaque grain de beauté, chaque imperfection, chaque millimètre de peau. Il connaît par cœur chaque frémissement, traduit chaque sursaut, aime chaque regard, chaque sourire.

Le cœur et le corps se livrent.

Se blottir sous la couette, peau contre peau, nos mains entrelacées, les cheveux en bataille, le souffle court, le cœur qui tape. S'endormir, peau contre peau, paisibles.

25/03

« J'ai vu perler des larmes d'amour qui dureront plus longtemps que les étoiles du ciel »
Charles Péguy

Ses yeux… J'aime ses yeux.

Pour une personne extérieure ils sont marrons, virant sur le noir, légèrement en amande, bref, incroyablement banals.

Mais dans ces yeux je lis tout. Je lis l'amour, la tendresse. Je lis l'agacement, la peur, la colère parfois. En fait dans ces yeux je lis tout ce qu'il ne sait pas dire. Parce que un homme, c'est bien connu, ça ne s'embarrasse pas de mots. C'est si futile les mots. Alors il faut apprendre à déchiffrer, à traduire. Et ce jour-là, le jour où nous nous sommes dit oui, dans ces yeux qui brille j'ai vu l'amour. Un amour fort, puissant, sincère. Un amour qui durera plus longtemps que les étoiles du ciel.

Avril

02/04

[Écrire]

Éclats de mots jetés sur une feuille, ici et là.

Les doigts courent sur le clavier.

Les mots dansent, virevoltent, partent, reviennent et puis se posent.

Forment des phrases.

Écrire comme besoin vital, comme pour soulager quelque chose d'innommable.

Écrire comme un sourire, comme un espoir, celui d'un « après », d'une nouvelle chance, d'un nouveau départ.

05/04

« Si tu juges les gens tu n'as pas le temps de les aimer »
Mère Thérésa

J'ai réalisé à quel point j'ai été longtemps dans le jugement. C'est facile de juger. Beaucoup plus facile que d'être dans la compréhension, dans l'écoute, dans l'amour. Mais comme la plupart des êtres humains, pendant longtemps j'ai choisi la facilité.

Et puis cette phrase m'a fait me poser les bonnes questions : Et si j'essayais de comprendre ? Si j'essayais d'écouter, d'échanger, de partager ? Et ce, même si la personne n'a pas le même point de vue ou la même façon de faire que la mienne. Parce que après tout, la différence c'est riche non ?

07/04

[L'odeur de l'herbe fraîche]

Allongée dans l'herbe. Le printemps est doux. L'herbe est fraîche. Encore humide par la rosée du matin.

Ça a une odeur particulière l'herbe fraîche.

Les bras croisés derrière la tête, regarder défiler les nuages. Là un bonhomme ! Là une sorcière avec son nez crochu et puis sa verrue sur la joue. Et puis là on dirait un éléphant et là c'est comme un gros caillou.

Prendre le temps.

L'herbe chatouille un peu.

Savourer l'instant. Parenthèse dans une journée agitée, dans un monde en colère.

Parenthèse de ciel bleu, instant volé d'innocence à recréer.

10/04

« On a toujours le choix. On est même la somme de ses choix »
Joseph O'Connor

C'est drôle cette phrase, au moment où je me sens prisonnière, enfermée dans un bocal dans lequel je tourne, inlassablement, à m'en donner le tournis et la nausée.

Et si c'était vrai que quelque chose d'autre était possible ?

13/04

[Migration des hirondelles]

S'endormir sous un arbre, à l'ombre.

Entrouvrir les yeux.

Des hirondelles au-dessus de la tête, tournoient, virevoltent, dansent.

Je les fixe, grave l'instant dans ma mémoire. C'est rare des hirondelles qui volent.

D'ailleurs je crois que c'est ma première fois.

Et puis autour de moi il y a aussi les oiseaux qui chantonnent

Les bégonias en fleur

Le vent qui bruisse dans les feuilles du chêne au-dessus de ma tête

La vie qui pétille.

17/04

[Le chlore]

Ah la piscine et moi c'est une longue histoire. J'adore nager. D'ailleurs je suis beaucoup plus à l'aise sur terre que sur mes deux pattes mais passons.

J'adore nager mais les piscines municipales et moi nous ne sommes pas très copines [une sombre histoire de pédiluve et de verrues plantaires il y a quelques années].

Mais ce jour-là j'ai décidé de faire une trêve à la guerre impitoyable que j'avais menée contre les piscines municipales depuis déjà tant (trop ?) d'années.

Alors hop un sac, un maillot, des lunettes, un bonnet. Pas pour l'esthétique le bonnet, mais c'est obligatoire, il parait. Ne surtout pas oublier les tongs et puis le shampoing et le gel douche.

Entrer dans la piscine, il est encore temps de reculer et puis non. Alors les casiers. Bidouiller le cadenas dans un sens, puis l'autre.

Et puis prendre son courage à deux mains et se changer. En piste.

À la piscine j'aime l'odeur du chlore, l'atmosphère humide, le fait de se retrouver seul face à soit même, aussi. Les lunettes sur les yeux plus rien de m'arrête (ou presque – un baigneur fou à contresens). Fermer les yeux quelques instants. Sentir l'eau sur la peau, qui glisse, qui masse. Avancer. Une longueur, puis 10 puis 40. La tête tourne un peu, le souffle est court. Il est temps de faire une pause. Et puis recommencer quelques longueurs. Juste pour arriver à un chiffre rond. 50.

S'extirper de l'eau. Les jambes ne répondent plus très bien sur le sol ferme. Le corps est vide, calme, serein.

20/04

« Laissez-vous guider par votre rêve, même si vous devez momentanément le mettre de côté pour trouver un emploi ou payer votre loyer. Et restez toujours ouvert aux opportunités de sortir du cadre pour mener la vie et faire les choses qui vous inspirent profondément... n'ayez pas peur. »
Jane Goodall

C'est bien ça le problème en ce moment. Rêver c'est bien, payer le loyer, c'est mieux. Bien sûr que je rêve d'écrire, de cuisiner, de chanter. Bien sûr que je révérais de gagner ma vie en travaillant de chez moi et puis en adaptant mes horaires, mes jours de repos et en faisant ce qui me plaît. Sans contrainte, sans obligation matérielle. Alors je garde tout ça dans un coin de ma tête, pour poser les pierres, les unes après les autres. Avec un peu d'espoir et beaucoup d'amour, qui sait... Affaire à suivre.

23/04

[La brioche]

La brioche. C'est sensible une brioche. Et cela ne supporte pas l'approximation.

La brioche c'est une sorte de défi.

Sûrement la raison pour laquelle j'adore les travailler, les pétrir, les façonner.

Les regarder pousser, le nez collé contre la porte du four pendant plusieurs heures, sans bouger.

La brioche je l'aime toute simple, à la fleur d'oranger. Avec un dessus bien doré et une mie filante, légère.

Je l'aime le dimanche au petit déjeuner, juste comme cela, nature, brute, pure.

27/04

« Il y a au fond de vous de multiples petites étincelles de potentialités ; elles ne demandent qu'un souffle pour s'enflammer en de magnifiques réussites »

Wilferd A. Peterson

Aujourd'hui j'ai décidé d'y croire, de souffler sur mes petites étincelles, de croire en moi, de faire naître des possibles !

Mai

[Supercalifragilisticexpialidocious]

J'ai toujours aimé prononcer des mots imprononçables. Dans ma top list il y a : Supercalifragilisticexpialidocious, vous savez Mary Poppins !

Il y a aussi hexakosioihexekontahexaphobie, ça c'est la peur du nombre 666. Et puis polytétrafluoréthylène, dichlorodiphényltrichlorétane, Anticonstitutionnellement, paraskaviedekatriaphobie, notonecte, ornithorynque, physiognomonie, raspoutitsa, sphincter, xénophile, zapadliski, rhinopharyngite ou encore kleptomane.

Ne me demandez pas d'où vient cette passion pour les mots compliqués, difficiles ? voire imprononçables. Mais les répéter les uns à la suite des autres m'arrache toujours un fou rire. Et puis il y a aussi les phrases insolites qui font fourcher la langue et qui provoquent des éclats de rire.

Entrainez-vous à dire très vite :

Les chaussettes de l'archiduchesse sont-elles sèches ou archi-sèches ?

Un chasseur sachant chasser doit savoir chasser sans son chien.

Si six scies scient six cyprès, six cent six scies scient six cent six cyprès !

Je troque trente trucs turcs contre treize textes tchèques.

Trois gros rats gris dans trois gros trous ronds rongent trois gros croûtons ronds.

Avez-vous déjà vu un ver allant vers un verre en verre vert à l'envers ?

Vous m'en direz des nouvelles !

03/05

« Faire son deuil c'est lancer une poignée de vie dans les yeux de la mort. On sait qu'elle ne sera aveuglée qu'un bref instant mais cela fait du bien »

Philippe Claudel

Aujourd'hui particulièrement il faut que je me force à vivre. À balancer de la vie dans les yeux de la mort, à lui jeter un sourire en pleine tronche.

Mais le cœur pleure.

06/05

[Le bouquet de roses]

Les roses – rouges – fleur / beauté puissante – beauté fragile – jeunesse éphémère.

Vite un vase.

Caresser les pétales, les regarder éclore, sentir leur parfum.

C'est fascinant une rose.

Fascinant paradoxe entre douceur et piquant

Entre force et fragilité

10/05

« Être heureux ne signifie pas que tout est parfait. Cela signifie que vous avez décidé de regarder au-delà des imperfections »

Aristote

La vie ce n'est pas parfait. On a tendance à regarder ailleurs, nos amis, nos voisins et puis à se dire que pour eux, tout est simple, qu'ils ont de la chance et puis que quand même ce n'est pas juste. En fait j'ai réalisé combien il était facile de regarder ailleurs et puis d'envier au lieu de se focaliser sur soi et d'essayer d'en tirer le meilleur.

Parce que, de la vie des autres on ne connaît que le vernis, et que de notre vie nous avons tout à construire, à espérer, à vivre. Regarder au-delà des petits cailloux du quotidien dans les chaussures et puis avancer, pas après pas sur le chemin de la vie.

12/05

[Jus d'abricot]

S'asseoir en terrasse un jour de printemps. L'air est frais mais le ciel est bleu, sublime. Sentir le soleil réchauffer les mèches, blondes. Commander un jus d'abricot. Les glaçons se heurtent dans le verre. J'adore l'abricot. Ce n'est pas encore la saison, mais peu importe, en jus, ça ne compte pas vraiment.

Alors une première gorgée, douce, gorgée de soleil.

Et puis une seconde, plus sucrée.

Les rayons de soleil tombent sur le verre et puis font doucement fondre les glaçons.

Encore une gorgée, une autre.

Avec la paille, c'est mieux pour la fin du verre.

Sourire.

Sourire à cet instant où je m'adosse contre la chaise, où le soleil réchauffe mon cou, où le seul bruit environnant est celui d'un oiseau qui chantonne.

15/05

« Il y a des gens dont le regard vous améliore. C'est très rare mais quand on les rencontre il ne faut pas les laisser passer ».
Pancol

Je n'ai pas eu beaucoup de personnes comme cela dans ma vie. Je ne suis pas une fille à potes. Je donne peu ma confiance à vrai dire. L'amitié pour moi c'est comme l'amour, quelque chose d'assez sacré. Alors ces personnes qui m'améliorent se comptent sur les doigts d'une main, enfin deux. Et je ne suis pas prête de les lâcher.

20/05

[La nature qui s'éveille]

Les rayons du soleil font craquer les bourgeons retardataires.

Il fait chaud.

Se promener dans la ville un jour de printemps.

La nature s'éveille, la nature renaît.

Dans les jardins prendre une grande inspiration, humer le parfum des fleurs, s'émerveiller à chaque seconde.

Feuilles tendres, fleurs timides, symphonie de couleurs, harmonie de parfums.

C'est ça la vie.

Ça crépite, ça bourgeonne, ça frémit. Ça vibre, ça éclate, ça grandit.

Ça s'illumine, ça jase, ça frissonne.

Comme la nature au printemps.

23/05

« Il doit rester quelques rêves d'enfant cachés sous mon oreiller, je tenterais de ne pas les écraser avec ma tête lourde de soucis d'adulte »

Mathias Malzieu

Satané monde d'adulte. Il a raison Mathias. L'enfant rêve et puis l'adulte lui est rappelé inlassablement à la réalité. La réalité qui n'est pas toujours bien rose d'ailleurs. Ça serait trop simple. Alors parfois je m'autorise. Je m'autorise à éteindre BFM TV, le téléphone et puis tous les moyens de communication modernes et puis à revenir quelques années en arrière, au moment où tout était plus simple, où les rêves nous semblaient à porter de main, où tout paraissait possible.

28/05

[S'asseoir en terrasse]

S'asseoir en terrasse un après-midi de mai.
C'est banal. Banal mais si chouette.
La nature s'éveille, l'été murmure, les oiseaux
chantent, les arbres aux branches touffues et
verdoyantes amènent juste assez d'ombre.

Un léger vent, une douce brise, température
parfaite, je suis bien, juste parfaitement bien.

Le soleil chauffe un peu les épaules dénudées
et vient donner de l'éclat aux mèches blondes.

Des amis s'assoient à la table voisine et puis
un couple d'amoureux. Les verres clinquent,
les visages s'illuminent, les voix s'élèvent, les
bouches rayonnent de sourires.

S'asseoir en terrasse un après-midi de mai et
savourer chaque éclat de rire, chaque étincelle
de vie, chaque fragment de bonheur.

Juin

02/06

[Rêver]

Se mettre un coin, les bras calés derrière la tête et puis me mettre à rêver.

Moments de quiétude, de calme, d'évasion. Rêver en vrac et sans filtre.

J'aime rêver de famille nombreuse – de petites têtes blondes (ou pas) qui gambadent dans un jardin [avec un chien]. J'aime rêver de balançoires, d'éclats de rire et d'éclats de voix.

J'aime m'imaginer maman – Mini serré tout contre moi – Sentir son cœur battre contre le mien. Et sa [toute] petite main qui s'accroche très fort à mon doigt.

J'aime rêver qu'il est papa. L'imaginer donner la becquée à sa progéniture, faire l'avion, plier la poussette pour la rentrer dans le coffre (toujours trop petit) de la voiture. Et puis vaincre avec brio l'épreuve (fatidique) du siège auto. J'aime rêver à des voyages. À l'autre bout du monde ou à quelques kilomètres. Main dans la main ou avec des petits pieds qui gambadent à nos côtés. Rêver de sable chaud, de longues marches, de fjords enneigés et puis de coucher de soleil une nuit d'été. J'aime rêver à un saut en parachute – S'élancer dans le vide – Planer – le vent frais – Cheveux en vrac. Tout oublier et puis recommencer. J'aime rêver à des brioches qui sortent du four, des pains qui croquent et craquent sous la dent, à des macarons gourmands. Et puis aussi à des rencontres, des échanges, riches, passionnés et passionnants. J'aime rêver à des grands espaces. Seule au monde. Des moments comme suspendus, doux, sereins où le temps arrête sa course, où le temps suspend son vol. J'aime rêver à un monde plus tolérant. À des mains de couleur qui s'emmêlent – À des sourires échangés – À des mains tendues. J'aime à rêver d'un monde où l'amour aurait (toujours) le dernier mot. Où la haine et la peur se feraient (toutes) petites pour laisser la place à la joie et l'espérance. J'aime rêver à un monde où l'on n'aurait pas peur pour nos enfants. Un monde apaisé, respectueux et aimant.

05/06

« Un pessimiste voit la difficulté dans chaque opportunité, un optimiste voit l'opportunité dans chaque difficulté »

Winston Churchill

Je suis optimiste, je crois. Alors dorénavant, chaque difficulté sera l'opportunité de recommencer, en différemment, en mieux.

08/06

[Courir à l'aube]

Chausser ses baskets le matin tôt alors que la ville est encore paisible et les muscles encore endormis. Les yeux piquent un peu. L'air est frais. Le ciel rosit.

Sourire aux voyageurs qui attentent le train. Passer devant une boulangerie qui ouvre ses portes, savourer l'odeur des viennoiseries qui chatouille le nez.

Ralentir le rythme. Regarder le boulanger s'affairer. Visser les écouteurs sur les oreilles.

Prendre une grande inspiration, sentir l'air frais dans le cou.

Accélérer le rythme – sprint.

Se sentir légère, libre, incroyablement vivante.

Se couper du monde. Se connecter à soi.

12/06

« L'action est ce qui crée toutes les grandes réussites. L'action est ce qui donne des résultats »
Anthony Robbins

Il y a quelques jours je me faisais la réflexion : l'enfant agit, l'adulte cogite. Passé un certain âge on a peur, on pèse le pour et le contre, on tourne autour du pot, on se questionne, on hésite, on tergiverse. Et puis finalement on reste là, immobile. Et les tergiversations multiples n'ont servi à rien. Alors je crois que dorénavant je vais me forcer à prendre des décisions. Me botter les fesses pour être dans l'action, toujours. Parce que, attendre que les choses viennent seules à moi, c'est une belle illusion.

15/06

[L'équeutage des haricots verts]

Pendant les vacances d'été j'allais systématiquement chez mes grands-parents. Et puis sur la terrasse avec papi, on équeutait les haricots verts du jardin. D'ailleurs ma principale occupation à ce moment-là c'était de taquiner mon grand-père en disant les « z'haricots verts ».

Il me reprenait inlassablement.
Avec amour, patience et tendresse.
À celui qui lâchait le premier. Et cela se terminait (presque) toujours par en fou rire !

Ce n'est pas si simple que ça mine de rien d'équeuter les (z') haricots verts. Parfois il y en a des récalcitrants. Un peu mous. Qui refusent de se faire couper – comme je disais enfant.

Aujourd'hui encore, quinze ans plus tard, repenser à ces moments me font sourire. C'est fou comme certaines choses peuvent rester longtemps gravées dans notre tête. À moins que ce soit dans notre cœur.

18/06

« Pour éviter d'être critiqué, ne dites rien, ne faites rien, ne soyez rien »
Helbert Hubbard

Les Critiques, c'est mon lot quotidien en ce moment. J'ai été trop grosse maintenant je suis trop maigre. Je ne suis pas assez féminine, je ne fais pas assez de concessions, j'ai décidé de quitter mon travail mais c'est de la « folie ». Et puis que dire de ma dernière couleur de cheveux qui ne fait pas l'unanimité {ceci est un euphémisme}. À ces gens j'ai décidé de dire M****. Que chacun s'occupe de ses mèches et puis les vaches seront bien gardées. (Ne cherchez pas le rapport, il n'y en a aucun).

24/06

[Prendre le large]

En ce moment j'ai besoin d'évasion. De calme, de soleil, de sable chaud…

Mon amour, prenons le large

Éloignons-nous du rivage, sans retour.

Dans tes bras, comme une incitation au voyage.

Prenons le large.

Ne rentrons pas au port,

Et faisons pour un instant

Se figer le temps.

Juillet

« J'ai envie de lui dire mon amour et ma reconnaissance, beaucoup de mots se bousculent sur ma langue, mais ils refusent de franchir le seuil de mes lèvres. Il me reste mes bras, alors je tente de faire passer ce message en la serrant contre moi de toutes mes forces »

Mathias Malzieu

Parfois j'ai l'air bête parce que je ne sais pas parler. Enfin si, mais pour dire des phrases bateau. Pas pour dire les choses vraiment importantes. Les choses importantes moi je les dis avec un stylo.

Mais parfois oui, j'aimerais lui dire, lui crier, à quel point je lui suis reconnaissante, à quel point il compte et à quel point je l'aime, sincèrement, au-delà de tout.

Alors, timidement, pleine de doute, je lui tends un papier griffonné de quelques mots qui viennent de mon cœur. « Lis ça » dans un murmure.

04/07

[L'aube]

Ouvrir les fenêtres en grand. Savourer l'air encore frais. Le vent frais qui s'engouffre dans l'appartement encore endormi. Faire couler un café – fort – et puis sourire.

Les premiers rayons du soleil se glissent par la fenêtre et viennent se réfugier dans le cou. Le ciel se dégage, rosi, s'illumine. Mozart en fond. Une légère brise, fraîche. La ville encore endormie. Les oiseaux qui s'éveillent et chantonnent. Sifflotent. Ces moments de calme sont précieux. Apaisement dans ce monde qui n'est que cohue. Surtout ne pas allumer la télévision, ne pas écouter BFM TV. Savourer la quiétude de l'instant. Savourer le café bouillant sur le bout des lèvres. Savourer la fraîcheur dans le dos nu et puis les rayons du soleil qui viennent réchauffer la peau. L'aube est mon moment de la journée favori. Un moment paisible, calme, serein. Une page blanche, un jour à naître, une étendue de possibles.

07/07

« Ce n'est pas parce que les choses sont difficiles que nous n'osons pas, c'est parce que nous n'osons pas qu'elles sont difficiles »
Sénèque

Alors une seule chose à faire : Oser, bordel !

09/07

[Mamie]

Ma grand-mère je l'aime pour sa tendresse, pour son odeur si singulière. C'est la seule personne que je connaisse qui refuse tout parfum mais adore l'eau de Cologne – celle à la lavande. Je l'aime pour cet amour inconditionnel qu'elle a su me donner, pour ces soirées en tête à tête à refaire le monde, assises au coin du feu, pour ces heures passées en cuisine. Complicité. Je l'aime pour ses coups de gueule, son caractère si entier. Pour chaque instant à ses côtés. Je l'aime pour ses mains vallonnées qui caressent mes joues sans dire un mot. Je l'aime pour ces gestes qui veulent tout dire. Pour ces nuits passées à compter les étoiles, à jouer au rami, à faire des mots fléchés ou tout simplement à me blottir tout contre son cœur.

12/07

« Il n'existe que deux façons de vivre votre vie. L'une comme si rien n'était un miracle. L'autre comme si tout était un miracle »
Albert Einstein

Encore une différence entre l'adulte et l'enfant. L'enfant s'émerveille de petits « riens ». D'un papillon qui s'envole, d'une fleur, d'une vague, d'un chant d'oiseau, d'un nuage dans le ciel ou d'un fruit cabossé. Toutes ces choses auxquelles nous ne prêtons, nous adulte, aucune attention.

Alors j'ai décidé d'une chose. De m'émerveiller de (toutes) petites choses qui construisent le bonheur.

Cela est peut-être naïf, mais entre naïveté et morosité, j'ai fait mon choix.

15/07
[La maison de pierre]

La maison de pierre, c'est la maison familiale, en Bretagne.

Cet endroit occupe une place particulière dans ma tête et dans mon cœur. Les étés de mon enfance étaient rythmés par nos vacances dans cette maison. Une ancienne maison faite en pierres qui a vu passer plusieurs générations. Des larmes, des sourires, des éclats de rire et des éclats de voix.

Cette maison est comme figée dans le temps.

Pour une personne extérieure la décoration y est vieillotte et la plupart des installations assez vétustes.

Mais pour moi, c'est différent.

L'arrivée dans cette maison, chaque été, est comme un retour aux sources, à l'essentiel. Dans cette maison il n'y a pas internet, ni la TNT. D'ailleurs on capte difficilement la 3G. Pas de lecteur de CDs ni de DVDs. Les napperons et les draps son brodés et puis les mouchoirs en tissu.

Par terre il y a de la moquette et sur les murs des photos par dizaines. De nous enfants et puis de mon père. Des photos en noir et blanc qui semblent avoir figé le temps. Les commodes sont en bois mat et la table du salon en marbre. Les fauteuils sont vieux et sentent fort la poussière. D'ailleurs si vous êtes allergique aux acariens vous risquez de rencontrer quelques problèmes. Ici la poussière est incrustée un peu partout.

Une partie de mon cœur est dans cette maison – dans ces murs. Lorsque j'entre ouvre la porte et que j'y pénètre je me sens instantanément bien. Apaisée. Comme si cette maison était ma place.

18/07

« Le génie est fait d'un pour cent d'inspiration et de quatre-vingt-dix-neuf pour cent de transpiration »

Thomas Edison

En ce moment, cette phrase est mon fond d'écran. M'accrocher, travailler, recommencer, ne pas abdiquer, refaire, différemment, mieux.

21/07

[Confidence pour confidence]

Toc-toc-toc.

Le bruit de la canne de mamie claque sur le sol et résonne dans la vieille maison en pierre. Il est 5 heures. Ma grand-mère est une lève-tôt. Sentir l'odeur du café et les bruits de la canne qui reprennent. Dehors il fait encore nuit noire. Les cloches de l'église du village sonnent un coup pour annoncer la demi-heure. Sourire. Se lever sur la pointe des pieds et rejoindre ma grand-mère. Elle m'engueule un peu. C'est trop tôt me dit-elle. Elle râle quelques minutes, pour la forme et puis s'assoit dans son fauteuil. Me décroche un sourire. « Je suis heureuse que tu sois là ». Les sourires sont rares sur le visage de ma grand-mère. Non pas qu'elle n'est pas heureuse, mais elle ne sait pas le montrer. Toujours pudique. Je serre fort sa main dans la mienne. J'aime les mains de ma grand-mère. Elles sont vallonnées, marquées par le temps. Mais toujours très belles. Très belles et soignées. Ma grand-mère a la peau incroyablement douce. Mon cœur tape fort. A mesure que les années passent, que les jambes fatiguent, que la mémoire flanche, que le cerveau divague, que les yeux faiblissent. Ces instants sont d'autant plus précieux.

Je sais que le temps file.

Alors je savoure ce bonheur dans l'instant. Tout de suite. Ici et maintenant. Graver ces moments de tendresse au plus profond de la tête, et du cœur.

25/07

« Il ne faut pas pleurer pour ce qui n'est plus, mais être heureux pour ce qui a été »
Marguerite Yourcenar

Savourer l'instant présent, le graver, le croquer à pleines dents… C'est le meilleur moyen que j'ai trouvé pour ne pas regretter.

28/07

[Mots]

Cela fait 24 heures que j'écris. Que je pianote sur mon clavier. Que les yeux piquent et pleurent. Que les mains crampent, un peu.

Extrait.

Les mots. Sonnent. Résonnent en moi, comme une évidence.

Me laisser porter par leurs vibrations.

Emporter par l'émotion

Libre. Légère.

Écrire.

Comme un souffle d'air frais.

Une ivresse.

Écrire.

Comme une évidence.

Des jours. Des nuits. Des heures.

Un moyen de lâcher prise. De m'évader.

Différente. Singulière.

Trouver dans les mots. Les phrases.

Un refuge.

Une échappatoire à la réalité.

Affamée de mots

Assoiffées de phrases

Écrire. Pour moi comme une évidence.

Août

01/08

[Les petits déjeuners]

Les petits déjeuners en août, j'aime les partager avec ma grand-mère. C'est notre moment à nous, alors que le jour se lève doucement et que la maison dort encore.

Blottie contre elle dans son grand fauteuil, j'aime tremper des biscuits dans son café Surtout des petits croquants aux amandes qui, du coup, ne sont plus vraiment très croquants.

Souvent, quelques miettes se perdent dans sa tasse. Alors il faut aller les récupérer à la petite cuillère.

Alors elle râle. Parce que les miettes dans son café, elle déteste ça.

L'entendre râler me fait toujours sourire. Ma grand-mère est une infatigable râleuse, cela fait partie de ses gènes.

Et après 90 ans de vie elle râle toujours avec autant d'énergie. Contre les miettes dans le café, les grasses matinées, la poussière sur le coin de la cheminée, les chambres désordonnées et les vêtements froissés – Contre les yaourts natures et puis les douches qui durent – Contre les serviettes de plage humides, les maillots de bain deux pièces ou les culottes « riquiqui » – Contre une brise un peu fraîche, un courrier en retard, les queues de cheval, une télécommande en panne ou un sonotone qui se rebelle.

Et finalement, l'entendre râler me rassure.

03/08
[Les pieds dans le sable mouillé]

Ciel ouvert, sable mouillé, cœur virevoltant au gré du vent.
Vaguelettes s'échouant sur la plage.
Le regard fixe l'horizon. Immense, désert.
Sublime.
Liberté.

Douce ivresse.

Les pieds dans le sable mouillé s'enfoncent, s'imprègnent.

La tête s'enivre.

Le cœur palpite.

Je suis vivante.

05/08

« L'échec est seulement l'opportunité de recommencer d'une façon plus intelligente »
Henry Ford

Eh bien, croyez-le ou non, il va bientôt falloir me décerner un prix Nobel. Parce que j'en prends des gamelles en ce moment. Mais c'est normal, je crois. Tenter, essayer, vivre, cela implique des ratés. Mon papa me disait « il n'y a que ceux qui ne font rien qui ne ratent pas ». Alors pour l'instant je fais, je rate, mais je n'abdique pas, plus, j'ai promis.

10/08

« En te levant le matin, rappelle-toi combien est précieux le privilège de vivre, de respirer et d'être heureux »

Marc-Aurèle

En fait, je ne me suis jamais dit que j'avais le privilège de vivre. C'est bête. Alors chaque matin maintenant je vais essayer d'y penser. Me rappeler combien il est précieux de se réveiller le matin, de pouvoir ouvrir les yeux et d'avoir devant soi une multitude de possibles

15/08

[La vieille malle du grenier]

Monter à l'échelle qui conduit au grenier et s'asseoir par terre, en tailleur. Ouvrir la malle. Une malle en métal. Une malle aux trésors. Dans cette malle cela sent la poussière et le renfermé. Très fort. Les yeux piquent un peu, éternuer une fois, puis deux.

Y trouver les cahiers d'école de mon père, le primaire, le collège. C'est là que je réalise combien mon père était un élève studieux. Tous ses cahiers sont parfaitement tenus, son écriture est ronde et appliquée, ses cartes coloriées avec soin.

Il y a ses livres aussi. Mathématiques, histoire géo, français. J'ai l'impression que tout cela a pris un énorme coup de vieux. Et puis il y a les intemporels. Balzac. Hugo. Baudelaire.

Dans la vieille malle du grenier il y a aussi une mèche de cheveux de mon papa – ma grand-mère et sa manie de tout garder.

Une mèche de cheveux vieille de 50 ans. Et pourtant la texture n'a pas bougé. Des petites bouclettes châtain clair. Encore difficilement imaginable pour moi qui n'ai connu mon père qu'avec les cheveux très courts et très noirs. La douceur de la mèche de cheveux dans ma main m'émeut. D'un coup je comprends mieux ma grand-mère, et sa manie de tout garder.

Il y a même mes bodys de bébé. Souvenirs de mes premières années passées ici, dans cette maison en pierre.

Et puis des bijoux fantaisie, collection de timbres, des livres aussi, beaucoup. Des mouchoirs en tissu et de vieilles montres de mon grand-père. Des tubes de peinture, des peluches et puis des cartons entiers de photos. Des photos tellement anciennes pour la plupart que je ne connais pas les protagonistes. C'est là que je réalise que cette maison a vu passer une multitude de personnes avant moi. Plusieurs générations de sourires, de cris de joie et de larmes. D'engueulades aussi. Et puis il y a un vieux carnet de recettes de ma grand-mère. Un vieux carnet qui perd ses pages et dont certains passages sont à peine lisibles. Un carnet rempli d'idées et de recettes de la cuisine traditionnelle bretonne. Cet endroit m'apaise. Il m'arrive régulièrement d'y monter sans attente particulière. Juste pour me replonger un peu dans ces moments de vie oubliés. Par nostalgie, peut-être, ou alors par curiosité. Je trouve ces moments riches.

18/08

« Nous sous-estimons souvent le pouvoir d'un contact, d'un sourire, d'un mot gentil, d'une oreille attentive, d'un compliment sincère ou de la moindre attention ; ils ont tous le pouvoir de changer une vie »

Leo Buscaglia

Bien vu Léo, gratitude…

22/08

[Les confitures]

Mamie a toujours fait des kilos de confitures chaque année. Citron, orange, mandarine, figue. Parfois kumquat ou encore pomme

Et chaque été elle en glisse plusieurs pots dans nos valises [nous faisant d'ailleurs systématiquement payer une taxe pour surcharge à l'aéroport – et oui les pots en verre, ça pèse !]

Il faut dire en plus que les pots de confiture c'est plus pour lui faire plaisir qu'autre chose, car nous ne mangeons pas vraiment de confiture. Non pas que nous n'aimons pas ça mais personne chez nous n'a le réflexe (pourtant bien français) pain / beurre / confiture le matin. Et pourtant, chaque pot dans mon étagère me rappelle ma grand-mère, ses mains, son odeur, ses heures passées dans la cuisine, les moments de tendresse.

Alors les pots s'amoncellent et remplissent les étagères, pour mon plus grand bonheur.

25/08

« La vie, c'est 10 % ce que vous en faites et 90 % votre façon de la prendre. »
Irving Berlin

Pas faux. En fait « il n'y a pas de bonne ou de mauvaise situation » (vous savez, mission Cléopâtre). En fait, si, quand même. Mais plus j'avance dans mon changement plus je réalise combien notre façon de voir les choses a de l'influence. Deux personnes qui vivent exactement le même évènement n'auront pas du tout la même réaction vis-à-vis de celui-ci. Et ce, même si on parle d'évènements les plus tragiques.

28/08

« Une période d'échec est un moment rêvé pour semer les graines du succès. »
Paramahansa Yogananda

Alors autant vous dire qu'en ce moment je sème, beaucoup. Je n'ai pas vraiment la main verte, mais je ne pense pas qu'août soit la meilleure période pour semer des plantes. Par contre les projets et les rêves eux n'ont pas de saison, alors on fonce !

Septembre

01/09

[Tarte au citron]

Ouvrir la porte de l'appartement. Être envahie par une odeur de citron. Monsieur s'est mis en cuisine, il le sait, c'est mon dessert favori.

La tarte au citron est le dessert de mon enfance, un rituel. Chaque mercredi passage obligatoire à la boulangerie. La requête était toujours la même : une tarte au citron.

Découper une part de tarte et puis picorer chaque petit morceau de pâte restant dans le plat. La pâte croque sous la dent, la meringue vient juste adoucir l'acidité du citron.

Glisser la cuillère dans le Lemond curd et puis apprécier chaque bouchée, chaque note d'acidité sur la langue, les papilles gustatives toutes en éveil.

04/09

« Le succès est la somme de petits efforts, répétés jour après jour. »
Leo Robert Collier

06/09

« Je ne veux désormais collectionner que les moments de bonheur »
Stendhal

En fait c'est ça l'idée de ce carnet. Collectionner des moments de bonheur. Parce que le bonheur il est là, partout, tout le temps. Il suffit parfois de changer sa vision des choses pour le voir.

Les moments de bonheur... Voilà la plus belle des collections à faire.

Je ne sais pas s'il existe un mot pour les collectionneurs de bonheur.

On dit philatélistes pour les collectionneurs de timbres, Appertophiliste pour ceux qui collectionnent les ouvre boites, Numismate pour les pièces de monnaie, Autophiliste pour les voitures. Mais collectionneur de moments de bonheur, je cherche.

15/09

« Nos doutes sont des traîtres Et nous privent de ce que nous pourrions souvent gagner de bon Parce que nous avons peur d'essayer »
Shakespeare

Essayer c'est prendre le risque. Prendre le risque d'échouer. Alors parfois on préfère ne pas tenter. Parce que ne pas avoir essayé c'est ne pas avoir échoué. Et pourtant… Pourtant il y aurait tellement de choses à expérimenter, à tester, à vivre !

19/09

[La grande ourse]

Enfant j'aimais regarder le ciel, compter les étoiles, repérer les avions, imaginer des histoires, chercher les constellations. Je pouvais passer des heures, allongée sur le dos, blottie contre mon grand-père à espérer une étoile filante.

Souvent le soir sur la terrasse il faisait frais.

Mes petits pieds nus sur le carrelage de la terrasse n'en menaient pas large. D'ailleurs j'entends encore ma grand-mère pester : « tu vas attraper froid ». Mon grand-père connaissait toutes les constellations – ou presque – Alors que moi, encore aujourd'hui, j'ai du mal à distinguer quoique ce soit dans le ciel.

« Tu vois la petite ourse là ? » – « non, regarde, suis mon doigt, par là » – « Tu ne veux pas un gilet ? Il fait frais » – « mets ta tête là » – « fais un vœu ». Sa voix et ses mots résonnent encore dans ma tête malgré son absence.

21/09

« Il y a plus de courage que de talent dans la plupart des réussites. »

Félix Leclerc

Du courage, il en faut. Chaque jour. Il en faut pour se lancer, il en faut pour continuer. Il en faut pour changer des habitudes bien ancrées, pour bouleverser sa vie, pour se jeter dans le monde sans aucune certitude. Oui pour vivre je crois qu'il faut du courage. Ce n'est pas simple surtout si, comme moi, vous êtes un peu différent, si vous ne rentrez dans aucune case pré établie et qu'il faut vous créer la vôtre (de case).

25/09

[Voyage en train]

Aujourd'hui, j'ai pris le train. Cela m'arrive peu, mais j'adore ça. Autant je déteste le bateau, l'avion et la voiture, autant le train m'apaise.

Regarder par la fenêtre le paysage qui file. Défile.

Les yeux dans le vague. Divaguer.

S'éloigner pour un instant de la réalité.

Ne plus garder les pieds sur terre.

Oublier.

Se laisser porter par ce besoin d'évasion,

Emporter par ses émotions.

Pour un temps laisser place à la légèreté

Rêver éveillé.

Bercé par le ronronnement du train,

Partir loin.

Octobre

01/10

[Regarder les gens vivre]

J'aime regarder les gosses jouer dans les jardins publics – les mamans qui soufflent sur les genoux endoloris et qui font des bisous sur le front de leur progéniture –

J'aime regarder le sourire d'un papa admirant la prouesse tobogantesque de son petit dernier. J'aime aussi les couples de personnes âgées. La tendresse dans leur regard et dans leurs gestes.

J'aime regarder les passants, pressés. J'aime regarder l'ado, rêveur, assis sur un banc au soleil.

J'aime regarder les vieux messieurs promenant leur chien le matin (très) tôt, les jeunes femmes en talons et tailleurs qui marchent avec élégance d'un pas pressé, les coureurs essoufflés et les enfants chahutant sur le chemin de l'école.

J'aime regarder le boulanger ouvrir (très) tôt, la voisine d'en face se penchant par la fenêtre pour guetter le retour de son chat, les potes de l'équipe de foot s'asseoir en terrasse juste en face de notre fenêtre.

J'aime regarder rire, sourire, aimer,
J'aime regarder les gens vivre.

07/10

« On doit prendre les petites décisions avec sa tête et les grandes avec son cœur »
H. Jackson Brown

Écouter son cœur. Ça parait simple mais ça l'est pas tant que ça. Parce que parfois le cœur et la tête ne sont pas franchement d'accord. Mais je réalise aujourd'hui combien les plus grandes décisions de ma vie ont été prises avec le cœur. D'ailleurs elles ont beaucoup été décriées, justement parce qu'elles allaient à l'opposé de toute considération rationnelle. Et puis après tout, peu importe.

14/10

[Se réveiller à ses côtés]

Entrouvrir les yeux. Il est tôt. Peut-être trop. Le réveil n'a pas encore sonné. Chaton dort en boule sur les pieds et la lumière douce d'un matin d'automne glisse à travers les volets mal fermés.

Il y en a juste assez pour entrevoir son visage, doux, calme, paisible. On ne réalise que trop peu la chance de s'éveiller auprès de l'être aimé. Cela peut paraître être un moment banal tant il se répète chaque matin, ou presque, pendant des années. Et pourtant. Chaque matin, le même rituel.

Le regarder dormir. Il est beau. Se coller contre son corps, sentir sa peau, douce et puis son souffle dans son cou. Fermer les yeux. Chopper l'instant. Il est là près de moi, calme, aimant, paisible. On ne sait pas ce que l'avenir nous réserve mais l'instant est là lui et il est précieux. Une main glissée dans ses cheveux, une caresse sur la joue, un bisou dans le cou et puis la journée commence, sous le meilleur des auspices.

24/10

*« Personne ne peut fuir son cœur, c'est pourquoi il
vaut mieux écouter ce qu'il dit »*
Paul Coelho

Mon cœur, ma boussole, mon allié.

Pendant longtemps j'ai sommé à mon cœur de se
taire et puis j'ai essayé, avec toute la raison en ma
possession de rentrer dans des cases qui n'étaient
pas faites pour moi. J'ai essayé de me conformer,
j'ai même essayé d'y trouver mon compte. Et puis
le cœur l'a emporté, haut la main. Le cœur
l'emporte toujours.

28/10

[Regarder les nuages]

Allongée dans l'herbe je contemple les nuages
Avec pour envie de tendre le bras.
Les effleurer
Du bout de mes doigts.

Avec pour envie de me laisser porter

Envie de m'envoler.

Comme prise d'un vertige irrésistible

Perdre pied.

Lâcher prise.

M'envoler.

Loin. Légère.

Comme en apesanteur

Vers cet endroit où se tairaient mes peurs.

Novembre

[Un soir d'automne]

Ce soir la lune est pleine

Les étoiles brillent.

Le vent est froid.

Les lèvres tremblent.

Un peu.

Ce soir les yeux se perdent dans le vide.

Dans l'obscurité.

S'envolent vers la voûte céleste

Vers l'infini.

Vers l'adversité.

Ce soir la lune est pleine.

Les étoiles brillent

Le vent est froid.

Ce soir je m'abandonne aux douces rêveries

À la mélancolie. Passagère.

Au spleen. Familier.

Ce soir, je voudrais tutoyer les étoiles.

Partir. Loin.

Ce soir déambuler.

Puis se perdre.

Dans une ville totalement étrangère.

Inconnue.

Ce soir, marcher toujours plus lentement.

Rêver.

Divaguer.

Ce soir s'endormir. Paisiblement.

De la poussière d'étoile sur le bout des doigts

Des rêves au fond des yeux

Un bout d'enfance posé sur le coin du cœur

04/11

« Si vous mettez votre cœur dans la réalisation de vos projets, si la passion vous dévore et que rien ne vous arrête succès il y aura »
Mathieu Thomas

Je crois que c'est la chose la plus importante pour moi : la passion. Faire les choses avec passion, avec sincérité, avec cœur. Se livrer sans concession, sans compromis. Livrer ses failles, ses doutes. Et ne jamais s'arrêter.

« Quand une porte se ferme une autre s'ouvre »
Miguel de Cervantes

On a souvent tendance à considérer une porte qui se ferme comme un échec, un point d'arrêt. On considère rarement cette porte comme un commencement.

Et pourtant.

Et pourtant la porte qui se ferme est toujours le commencement d'autre chose. De différent, de nouveau, d'inconnu. Quelque chose de neuf, quelque chose à construire.

Dans ma vie j'ai eu beaucoup de portes fermées. D'ailleurs certaines d'entre elles se sont refermées sur mes doigts et j'ai eu mal. Le premier réflexe est de pleurer, de se lamenter. Et puis se demander : est-ce que quelque chose de mieux ne m'attend pas ailleurs finalement ?

Souvent la réponse est « oui ». Parfois il faut un peu de temps pour le réaliser. Un peu de temps pour faire le deuil de la porte qui se ferme. Mais l'avenir est là, ouvert, plein de possibles.

14/11

[Alerte orange]

D'une minute à l'autre le temps s'obscurcit. Je regarde le spectacle à travers les grandes fenêtres du salon. Le front collé contre la vitre.

En quelques secondes le ciel se charge et devient noir. La température chute. La légère brise du matin se transforme en grosses rafales de vent.

Et la mer, jusque-là plat comme une flaque d'huile, se ride de plus en plus pour faire apparaître de gros moutons d'écume.

Une grosse goutte tombe sur la terrasse puis 10, 20, des centaines, jusqu'à ce qu'une pluie diluvienne s'abatte sur la maison.

Les feuilles virevoltent – le ciel se déchaîne – la pluie frappe contre les vitres – les portes et les volets claquent.

Les éclairs déchirent le ciel dans des grondements assourdissants.

Explosions de sons et de lumières.

J'aime beaucoup ce spectacle. Même si à la fois ce déchaînement des éléments a quelque chose d'effrayant, cela me fascine. Dans ces moments-là on se sent petits, hors de maîtrise.

La nature nous rappelle que malgré les multiples tentatives humaines pour la dompter et l'asservir, elle a toujours le dernier mot.

18/11

"Il n'y a personne qui soit né sous une mauvaise étoile, il n'y a que des gens qui ne savent pas lire le ciel."

Dalaï-lama

Ça parfois c'est dur à croire. Longtemps je me suis considérée comme quelqu'un de malchanceux, qui a connu très vite (trop vite) les galères de la vie. Et c'est vrai, j'ai sûrement plus souffert que la majorité des personnes de mon âge. Mais peu importe, aujourd'hui je veux croire qu'il est possible de vivre, malgré tout et de considérer que ces difficultés m'ont changée. Elles m'ont fait grandir, évoluer, elles ont fait de moi une personne plus forte, plus déterminée.

Décembre

[Le chocolat qui fond sous la langue]

Sortir une tablette de chocolat du placard. Le bruit de l'alu et puis le clac du carré qui se casse.

Mon truc à moi c'est de couper le carré de chocolat en (d'encore) plus petits morceaux. Prendre chaque morceau, l'un après l'autre et puis le glisser sous la langue.

Une gorgée de café (très) chaud. Et puis savourer le chocolat qui fond doucement. Fermer les yeux et puis recommencer.

J'aime le chocolat comme le café – très noir – amer, fondant, puissant
Intense.

04/12

« La vie est une pièce de théâtre, ce qui compte ce n'est pas qu'elle dure longtemps mais qu'elle soit bien jouée. »

Sénèque

Ça c'est dur. Ça veut dire quoi « bien jouée ». Finalement c'est assez subjectif. Mais pour moi cela signifie de ne pas avoir de regrets. Finalement pour moi c'est ça l'important. Si ma vie devait s'arrêter demain, je voudrais ne rien avoir à regretter.

Je file, j'ai du pain sur la planche !

06/12

« Vous êtes maître de votre vie et quelle que soit votre prison vous en avez la clef »

Dalaï-lama

Je crois que nous avons tous nos prisons, nos peurs, nos carcans, nos doutes. Nous avons tous ce sentiment qui parfois nous oppresse. Nous connaissons tous l'impuissance. Se dire que nous avons une prise sur notre vie et n'est pas forcément simple. Bien sûr il y a des évènements que nous ne maîtrisons pas, dans ce cas la vraie force c'est de les laisser aller, de lâcher prise et de se focaliser sur les choses que nous pouvons maîtriser, vraiment, pleinement. Ce n'est pas si simple de les discerner. Mais personnellement à chaque obstacle je m'efforce à faire ce travail en me questionnant : « est-ce que tu as une prise là-dessus ? ». Agir sur les choses où nous avons une prise, glisser la clef de la prison dans la porte. Et puis laisser aller au vent les choses que nous ne maîtrisons pas.

08/12

[Petits bonheurs]

Noter les petits bonheurs. Savoir figer le temps. Ne pas le laisser glisser, filer, s'échapper. En saisir chaque seconde et puis savourer. Effleurer le bonheur, ses courbes délicieuses, fragiles, précieuses.

Faire que chaque instant dure une éternité.

Respirer à pleins poumons.

Vivre.

Faire surgir un sourire sur des lèvres, une lumière au fond des yeux.

Comme un bout de ciel bleu.

12/12

« Nous avons tendance à mesurer la réussite à l'importance de notre salaire ou à la grosseur de nos voitures plutôt qu'aux liens que nous cultivons avec les autres »

Martin Luther King

C'est si vrai ça. Nous avons tendance à mesurer en k€, en taille de maison, de voiture, en voyages au bout du monde. Il y a quelques jours je me suis posée la question : de quoi suis-je riche ? Je ne parle pas ici de PEL ou de livret A. Mais de vraie richesse. Celle du cœur. Je suis riche de me lever le matin avec le sourire. Riche d'avoir un mari formidable. Riche de pouvoir me réveiller à ses côtés et puis de partager des moments si simples mais si précieux, comme le petit déjeuner. Riche d'avoir des proches que j'aime plus que tout au monde et des amis formidables. Riche de rencontres et d'échanges.

Je suis riche de pouvoir prendre chaque jour le temps de caresser mon petit chat, sur mes genoux. De prendre le temps de voir le jour se lever en prenant mon petit déjeuner. Je suis riche de pouvoir prendre une douche chaude chaque matin et de pouvoir m'installer sur le canapé recouvert d'un plaid tout doux. Je suis riche de pouvoir courir, remplir mes poumons d'air frais et de savourer ses instants de quiétude et de légèreté, riche de pouvoir regarder ses yeux briller, de le voir sourire. Riche de pouvoir écouter Mozart, des heures entières assise au soleil sur la terrasse. Riche de savourer le souffle d'air dans le cou, les épaules dénudées et puis les grains de sable entre les doigts de pied.

15/12

[Sa petite main dans la mienne]

(Tout) petit chat à la peau si douce. Ta (toute) petite main serre la mienne. Fort. Les larmes me montent aux yeux. Je te regarde et mon cœur bat la chamade. J'ai du mal à réaliser. Tu es là, si petit, si fragile. Et pourtant tu prends déjà toute la place. Tu représentes tout. Notre amour, notre passion. Ces mois à te désirer, à s'aimer, à t'attendre. Ces mois de doutes, de peurs, de joies, d'impatience.

Les larmes sont au bord de mes yeux et je ne peux pas me résoudre à lâcher ta petite main. Je caresse ta peau, encore un peu fripée pour m'imprégner de chaque millimètre. Je sens ton petit cœur battre contre le mien. Et le mien s'emballer à chaque fois que je pose les yeux sur toi. Je sens ta peau, tout contre moi et puis ton souffle dans mon cou. Ce souffle qui me rassure et qui me dit que tu vas bien. Je sens ton odeur, si forte, si singulière. Ancrer ses moments dans ma tête. Et dans mon cœur. Ils sont si précieux.

Bientôt il y aura tes premiers pleurs, tes premières larmes, tes premiers pas, tes premières gamelles, tes premières histoires, tes premiers mots, nos premières angoisses de parents aussi. Parce qu'au moment où tu es venu au monde, nous avons quitté la chrysalide de l'enfance pour rejoindre l'âge adulte. Mais là, tout de suite, il y a l'instant. Et cet instant-là vaut tout l'or du monde. À cet instant je t'aime d'un amour inexplicable. D'un amour qui me dépasse. D'un amour incommensurable.

26/12

« Tes yeux sont trop grands, on voit ton cœur à travers quand tu ris »
Mathias Malzer

Ouvrir les yeux en grand, regarder le monde, les possibles.

Chaque jour comme une page blanche.

Et puis sourire SOURIRE, sourire plus fort malgré la vie qui nous rattrape, malgré le monde déchaîné, malgré la terre qui gronde.

Ah oui et un collectionneur de BONHEUR en fait c'est un happithéliste.

C'est joli happithéliste non ?

Photo de couverture : © Olivier Gomez

http://www.flyoliv.com

Éditeur : BoD-Books on Demand,
12/14 rond point des Champs Élysées, 75008 Paris, France
Impression : BoD-Books on Demand, Norderstedt, Allemagne

Dépôt légal : Août 2016

FSC

www.fsc.org

MIXTE

Papier issu
de sources
responsables
Paper from
responsible sources

FSC® C105338